KB193919

하얀 거짓말

하얀거짓말

2025년 4월 10일 초판 1쇄 인쇄 발행

지 은 이 ㅣ 김진중
펴 낸 이 ㅣ 박종래
펴 낸 곳 ㅣ 도서출판 명성서림

등록번호 ㅣ 301-2014-013
주   소 ㅣ 04625 서울시 중구 필동로 6 (2, 3층)
대표전화 ㅣ 02)2277-2800
팩   스 ㅣ 02)2277-8945
이 메 일 ㅣ msprint8944@naver.com

값 10,000원
ISBN 979-11-94200-86-4

하얀거짓말

김진중 시집

도서출판 명성서림

머리말

 뒤돌아보면 시간은 나에게 갈증이었는지도 모르겠다.
팍팍하고 메마른 삶 속에서 윤기 있는 삶을 갈망했던 것
처럼 오랜 시간 기다린 끝에 한 번도 가보지 못한 길, 꼭
한번 가보고 싶었던 그 길에 첫발을 내딛는 심정은 가슴
떨리고 부끄러움에 얼굴 붉어 지지만 용기 내어 첫사랑 같
은 시집을 여러분 앞에 내놓습니다.
 근사한 집 한 채 짓겠다고 시작한 목수에의 길. 갈 길 멀
지만 이제 겨우 아주 작은 초가집 하나 지었나 봅니다. 더
멋진 기와집 지을 때까지, 흠뻑 익어 단내 물씬 풍길 때까
지 잰걸음으로 쉼 없이 달려가려 합니다.
 아직 설익은 과일처럼 풋내 가득 하지만 더 단단해지기
위한 몸짓이라 생각해주셨으면 하는 마음뿐입니다.

　지금은 대학생이 된 손자 녀석들 초등학교 시절 고사리 손으로 써놓았던 시 2편을 함께 싣습니다. 때론 친구 같고 언제나 내게 기쁨과 행복을 주는 존재들이니까요. 무엇보다 가슴 뭉클한 마음 감출 수가 없습니다.

　80이 넘은 나이에 시집을 낸다고 하니 두 손 들어 환영하며 비용 일체를 부담해주겠다는 아들딸들, 앞장서서 응원해준 딸 같은 며느리 윤희에게도 사랑한다는 말 전하고 싶다.

　더 멋진 모습으로 만날 것을 약속하면서…

2025. 04

秦亭 김 진 중

차례

제 1 부
가고픈 고향

제 4 부
행복 삼중주

제 5 부
하얀 거짓말

가고픈 고향

수영장

한솔초등학교 2학년 김우현

수영장에 물이 철썩철썩
물에 풍덩 풍덩
수영복을 입고 첨벙첨벙
수영장 안에서
철썩철썩

따끈따끈한 행복

앞서거니 뒤서거니
가쁜 숨 몰아쉬며 오르는 산길
*형제봉 가는 길

천년 약수터에서
시원한 약수로 마른 목을 축인다

산을 오를 땐
초콜릿이 꼭 필요했던 다섯 살 손자
이제는 열두 살 소년이 되어
저만치 앞서가다 서서
뒤따르는 할아버지 걱정을 한다

아무 말 없이 꼭 잡은 두 손
끝없는 사랑이 흐르고
얼굴 가득 웃음꽃 활짝

정현이를 사랑한다는 할아버지
할아버지와 함께라서
봄방학이 정말 좋다는 정현이
정 듬뿍 담은 얘기 나누다 보면 어느새 정상

송골송골 이마에 맺힌 땀
서로가 닦아주며 귤 하나 까서
서로의 입에 넣어주는 즐거움

까뭇해진 온돌방 아랫목 같은
따끈따끈한 행복입니다

* 용인시 수지구 성복동에 있는 형제봉

목수

훌륭한 목수 되어
근사한 집 한 채 짓겠다고
뒤늦게 들어선 목수에의 길

주춧돌 놓고 기둥 세우고
벽돌 하나하나 쌓아가는 일
어느 것 하나 수월한 게 없다

사전을 뒤지고 시집詩集을 넘기며
생각을 다듬고 시어詩語를 찾아가는 일
모두가 지난至難 한 작업

잠을 자다가도 벌떡 일어나
번개처럼 스쳐 간 단어 하나
이놈을 놓칠세라 캄캄한 밤에도
볼펜을 잡아보지만

쉽사리 보이질 않는 근사한 집 한 채
얼마나 더 가야 만날 수 있으려나
마음만 바쁘고 발걸음은 제자리 뛰기만 하고 있다

부지런히 가야 할 텐데
해지기 전
잰 걸음으로….

가고픈 고향

따끈따끈한
커피 한 잔 앞에 놓고
바다가 보이는 창가에 앉았다

모락모락 피어나는 커피 향
코끝에 스미는데
울컥,
치솟는 그리움 눈물 한 방울 짜낸다

강산도
변한다는
10년 세월이 흘렀는데도

유월이면 살구가 노랗게 익어가고
가을이면 빨간 대추 탐스럽던 고향 집
아직도 기억 속에 그대로인데

가고픈 고향 그리움에 허기지고
가야 할 날 기다림에 목말라
수평선 바라보며 켜켜이 쌓인 세월 더듬어 본다

언제쯤일까,
그리운 고향 품에 안길 날 손꼽아 헤아리며
식은 찻잔에 짜낸 눈물 타서 마신다

열병

아픔이란 걸 알지도 못했으면서
사랑한다 말할 용기도 없었으면서
사랑은 무슨 사랑

그
사
람
허락도 없이
나 혼자 사랑을 하고 열병을 앓는다

사랑한다는 그 말 한마디
끝내 하지 못하는 내가 미워
을씨년스런 가을비 속을 하염없이 걷다가
흥건히 젖은 낙엽에서 내 모습을 본다

잊으려 하면 할수록 더욱 생각나
아픈 맘 달랜 답 시고
막걸리 사발 앞에 앉았는데

이런 젠장,
어느새 막걸리 사발 속에서
하얗게 웃고 있다

난 어떡하라고…

겨울밤

예고도 없이 불쑥 찾아와
우리를 갈라놓은 이승과 저승

아무런 준비 없이 맞은 이별 앞에
사무치는 그리움만 더해가는 밤

불러도 대답이 없고
기다려도 못 오는 줄 알지만
불러도 보고 싶고 기다려진다

무심한 세월 야속하지만
좋아하던 목련꽃 피는 계절이 오면
화사한 꽃송이처럼 함박웃음 머금고
돌아올 것만 같아

지울 수 없는 그리움에 매달려
잠 못 드는 겨울밤

창문 흔드는 소리에
깜짝 놀라서 보니 지나가는 바람이었다

윙크

윙크 한 번 한다고
그 예쁜 얼굴 있는 대로 다 구기더니
불쑥 하는 말

"하 부 디 다 당 해"

얼마나 힘들었을까,
듣는 할애비도 힘이 드는데

그래도 예쁘다
좀 구겨지면 어때
마냥 예쁜걸

상큼한 젖 냄새
방안 가득 퍼지는데
온 집안 행복한 웃음소리 창문을 넘는다

어쩜 그렇게
제 애비 그맘때를
꼭 빼다 박았는지
세월, 참…

그래, 그렇게

파도가 파도에 밀려 해안가 절벽에서
산산이 부서지는 하얀 종말을 바라보고도
그 길 뒤따라 가야만 하는 파도의 운명

세월에 등 떠밀려 가는 줄도 모르고
세상 떠돌다 세월 벽에 부딪혀
마침내 종지부를 찍어야 하는 인생

어찌 보면 파도의 운명 같은
물거품인 것을…

뒤돌아볼 겨를없이 숨 가쁘게 달려온 삶
얻은 것과 잃은 것을 따져 뭘 해
손에 쥔 것 하나 없다 해도 처음부터 빈손이었다
생각하면 그만인 것을

어깨 무겁도록 짊어진 삶에 무게
훌훌 벗어던지고

차 한잔 들고
함께 걸어갈 사람 손 꼭 잡고
깃털처럼 가볍게

그래, 그렇게 살자!

꿈을 심고 희망을 심었습니다

온실 속에서 곱게 기른 묘목 하나
온실 밖 넓은 대지로 옮겼습니다

폭풍우를 머금은 먹구름 몰려오고
세찬 비바람 휘몰아치면
실바람에도 흔들리는 여린 가지
꺾이지나 않을까 걱정이지만

두 주먹 불끈 쥐고 온몸으로 견뎌내거라
가다 보면 쪽빛 하늘 보일 테니까
거기에 파란 희망이 있지 않겠니?

살을 외는 찬바람
거친 눈보라 휘몰아치면
다 내리지 못한 여린 뿌리
흔들리지 않을까 걱정이지만

두 눈 크게 부릅뜨고 온몸으로 견뎌내거라
가다 보면 따듯한 봄날 올 테니까
거기에 꽃피는 꿈이 있지 않겠니?

곧게 자라고 더 크게 자라서,
그리하여 마침내 세상을 다 품을 수 있는
커다란 나무 되기를, 넉넉한 그릇되기를!

꿈을 심고 희망을 심었습니다

* 2011년 03월 4일 홍광초등학교 입학식 날 봄 햇살 가득한 교정校庭에서

그리움

행복만이 우리들의 몫 인양
사랑을 노래하며 세상 끝까지
함께 가자던 약속

어느 날 불쑥 찾아온
이별 앞에 물거품이 된 사랑

아련한 추억 속에 희미한 기억들이
차창 밖 풍경처럼 스쳐 지나가지만
되돌릴 수 없는 현실 앞에

행복했던 지난날들이
지울 수 없는 상처 되어
아픈 마음 더욱 아프게 한다

얼마나 더 많은 시간 아파야만
없었던 일인 듯, 모르는 일인 듯
지워질 수 있을까…

바보

마음 한 번 바꾼 적 없고
자리 한 번 떠난 적 없다
언제나 같은 자리 그 자리

아무런 조건도 없이
처음 네 편에 줄 설 때부터
지금까지 쭉~

난 언제나 네 편이었으니까

딸에게 푹 빠진 사람
딸바보라 한다지

딸바보는 많아도
손자에게 푹 빠진 손자 바보
아마
내가 처음일지도 몰라

바보!
손자 바보
그런 바보가 난 좋다

희망이여

잔잔한 호수에
윤슬처럼 반짝이던 작은 보석

넓은 바다로 나가
거친 파도 가르며 달려가는
꿈을 실은 작은 배

혹시 모를
사나운 바닷바람에 멍든 곳은 없는지,
계획도 없이 불쑥 찾아가
위로의 고약을 바른다지만
따듯한 차 한잔으로 위로가 될지,

대신할 수 없음에 마음 아파도
한 발짝 뒤에 서서 할 수 있는 건 응원밖에…

망망대해에서 거친 파도와 맞서 싸우는 용기
아무리 칭찬해도 부족하지만
애쓰는 모습 할아버지 마음 아리다

하지만
힘차게 달려가는 또 다른 네 모습
가슴 뿌듯한 행복도 있구나

밀려오는 파도가
아무리 거칠다 해도 두 주먹 불끈 쥐고
성공의 종소리 울리는 그날까지
힘차게, 힘차게 노 저어 가라

나의 희망이여!

관심과 간섭

하겠다는 일을
굳이 하지 말라는 엄마

하지 말라는 짓을
굳이 하겠다는 아들

한바탕 설전이 벌어진다

"너 엄마가 하지 말랬지"
"엄마는 뭐든지 하지 말라고 하잖아"
"엄마는 너 잘되라고 관심을 가지는 거지"
"그게 뭐 관심이야, 간섭이지…"

할 말을 잃은 엄마와 아들
침묵이 흐른다

휴전 상태 돌입
한 치의 양보도 없는 대치상황

치열한 접전이다
승부를 예측하긴 아직 이르다
승리의 여신은 누구의 손을 들어줄지,

관심과 간섭의 틈새
쉽게 좁혀질 것 같지도 않고
언제 또 폭발할지 모르는 일촉즉발의 위기

평화는 언제쯤 올까,
휴전은 평화가 아니라는데…

궁금증

긴 고통의 시간 속에서도
한 번 볼 수 없었던
아주 편안한 모습

그 표정
그 눈빛
읽지 못한 채 이별을 맞고 말았다

무슨 말을 하려 했을까,
이리 생각해보고 저리 생각을 해도
편안하던 모습 말고는 아무것도
알 수 없는 표정과 눈빛

잠을 자는 듯
눈감고 떠난 뒤
돌아올 줄 모르는 사람

행여 꿈속에서라도 들을 수 있으려나
잠을 청해 보지만 새벽닭 울고 먼동이 터도
잠은 안 오고 궁금증만 더해가는 새벽

지금은
어디쯤 가고 있는지
무슨 생각 하고 있는지 더더욱 알 길이 없다

바보짓

아들이 사준 값비싼 양복
Pierre Cardin

귀한 보석이나 되는 양
장롱 속에 고이 모셔놓고
많은 시간이 흘렀다

오랜만에 나들이 한 번 하려고
장롱문 열었더니

이게 웬일!
내 옷은 어딜 가고 낯선 옷이 보인다

유행도 지나고 몸에 맞지도 않고
낯설게만 느껴지는 남의 옷 같은 내 옷

눈뜨고 도둑맞은 기분
쓸모없이 버려진 누더기처럼 보기 흉하다

차라리
아끼지 말고 입으라는
말이나 들었으면 좋았을 것을

아낀답시고
안 입고 못 입은 내가 바보지
이제 와 후회를 한들 무슨 소용

바보짓은 내가 했는데 누굴 탓하랴,

버려진 양심

젊은 연인들 사랑이 싹트고
삼삼오오 모여 앉아 웃음꽃을 피우는
*동백 호수공원

누군가 버리고 간 양심이
바람에 이리저리 나뒹굴고 있다

어쩌다 누굴 만나 가진 것 다 내어주고
거죽만 남은 채 구석진 곳에 버려진
빈 맥주 깡통 몇 개

그래도 한때
대형매장 진열대에서
떡하니 이름표 달고 뻐기던 귀하신 몸

아~ 옛날이여!

지나간 날을 그리워하며
화려한 부활을 꿈꾸지만
아무도 눈여겨 봐주는 이 없는 천덕꾸러기 신세

재활용 지원센터로
긴급 이송 작전을 시작한다

비닐봉지에
빈 깡통 몇 개 주워 담으며
무슨 대단한 일이라도 하는 양
빙그레 미소짓는다

* 호수공원: 경기도 용인시 동백동 소재 호수공원

귀마개

가는 소리는 들은 체도 않고
굵은 소리만 받아들이는 귀

물어물어 찾아간 곳
이비인후과

귀마개를 하란다
귓구멍을 틀어막아야 한단다

뚫린 귀도 안 들린다는데
틀어막으라고…
고개를 갸웃해 보지만

어쩌겠나
로마에서는 로마의 법을 따르라는데
뭐 별수 있나,
하라는 대로 할밖에…

신기한 것은
틀어막고 나니 잘 들린다는 귀

신천지를 만난 듯
하얀 이빨 다 드러내놓고
함박웃음 주렁주렁 귀에 걸었다

고놈 참
신기한 귀마개
보청기!

귤병

바다 건너 제주에서
비행기 타고 날라 온 귤 한 상자

낯선 땅 제주에서 만났던
내담 어린이집
권설희 선생님이 보내주신 것

반가운 마음으로 상자를 열어보니
제주도 감귤밭이 몽땅 올라온 듯
노란 귤들이 방글방글 웃는다

굵지도 잘지도 않은
고만고만한 것늘이 어쩌나 맛있는지
마치 귤병橘餠 같다

이보다 더 맛있는 게 또 있을까?

상자 속에는
선생님의 다정하던 모습
서귀포의 비릿한 바다 내음도 잔뜩 묻어 왔다

짧은 시간
정들었던 서귀포
정답던 사람들 새삼스레 그리워진다

잃어버린 전화기

장마가 시작된다는 예보가 있었다

쏟아지는 빗줄기를 바라보고 있노라니
잊었던 고향 정답던 친구들
생각이 간절한데

전화벨이 울린다
텔레파시라도 통한 걸까?
고향 친구다

반갑다는 인사와 함께
서로의 안부를 묻고
살아가는 얘기 한창이다

얼마 전 늦둥이 아들 장가보냈는데
honeymoon baby라며
임신한 며느리 자랑을 늘어놓다 말고
주머니 넣어놓은 핸드폰을 잃어버렸다며
조금 있다 다시 통화 하잖다

전화기를…
하기야 그럴 때도 됐지,
낼 모래 나이가 80인데

통화하면서 손에 든 전화기 찾는 친구
울 수도 웃을 수도 없는
씁쓸함은 왜인가?

남의 일 같잖아
멍하니 한참을 서 있다가
끊긴 전화기를 조용히 내려놓는다

자가용

아들이
자가용 한 대 뽑아줬다고
온 동네 자랑이 대단하다

평소에는 걷기조차 힘들어하면서도
운전대만 잡으면 펄펄 나는
옆집 할머니

면허증 있을 리 없고
보자는 이도 없지만
운전 솜씨 하나 기똥차다

그렇게 골목골목을 누비고 다녀도
교통사고 한번 없다

게다가
연료비 걱정 주차난 신경 쓸 일 없고
고속도로 제아무리 막혀도 여유만만

온 동네 어디든 가고 싶은 곳 가고
달리고 싶은 만큼 달리면 되는 것

요즘 같은 고물가 시대
유지비 걱정 없고 가성비 최고인 자가용

유모차!

친구야

살을 엘 듯 칼바람 사납기만 한 겨울날
고막을 찢을 듯 귓속을 파고드는
면도날 같은 소식

힘겹던 세월 함께 넘던 친구
먼 길 떠났다는 소식
말문이 막혀 아무 말도 하지 못 하고
멍하니 수화기를 내려놓는다

"우예지내노"
수화기 너머에 묵직하던 경상도 억양
이제는 들을 수가 없다니,

함께 울고 웃었던 지난날들
흐릿한 기억들이 머릿속을 맴돈다

삶에 지쳐 힘들어할 때
자신을 탓하기도 하고 세상도 원망하며
소주잔 앞에 놓고 서로를 위로하고
위로받던 그런 날도 있지 않았던가,

이젠 모두 빛바랜 사진처럼
기억마저 희미한 추억 속에 묻혔는데
얼굴조차 볼 수 없다니 어찌하면 좋으냐

편도뿐인 길 위에서
허공을 잡고 버티려 했을 몸부림
얼마나 힘들었을까, 얼마나 고통스러웠을까?

오롯이 혼자서만 가야 하는 외길
달리 방도가 없다는 걸 알지만
가늠하기 힘든 아픔이 온몸을 조여온다

함께했던 지난날 사진 속 너의 모습 보며
다시는 볼 수 없다는 생각에
울컥 치솟는 슬픔 눈물 되어 흐른다

정말 이별인 거니?
한 치 앞을 모르는 게 삶이라지만
이리될 줄 또 어찌 알았겠는가,
지난번 통화에서 더 많은 얘기 나누지 못한 것
한없이 후회스럽다

언젠가 나도 가야 하는 길
그 길 위에서 우리 다시 만날 수 있다면
이승에서 못다 한 얘기 실컷 하자구나
밤이 새도록

친구야
잘 가시게나, 부디

부디부디…

땀방울

뙤약볕 아래
흘린 땀방울
강물처럼 흐르던 푸른 들판

허리 한번 펼 틈 없이
정성을 다해 애지중지 길러온
살붙이 같은 농작물

그 땀방울
먹고 자란 벼 이삭
알알이 영글어 금빛 찬란한 가을 들녘

이글거리던 태양도
따사로운 햇살로
농부의 마음을 어루만진다

땀흘리던 지난 일들 까맣게 잊은 듯
행복한 미소가 물결처럼 번지는 농부의 얼굴
화사한 꽃처럼 아름답다

제2부

개구쟁이

추운 날

한솔초등학교 3학년 김정현

2시간째 기다린
나
하지만 친구는
안 와요
친구는 내가 기다리는지
모르고
돌고 싶은 팽이가 지치는지
모르고

포로

개구쟁이 손자 녀석의 포로가 되어
온종일 끌려다니다 현관 바닥에
내동댕이쳐진 신발 한 켤레

한 놈은 구석진 곳에 비스듬히
또 한 놈은 뱃가죽을 다 들어내 놓고
발라당 자빠진 채로 곤한 잠에 빠졌다

제 살을 깎아내며 버틴 하루
꿀맛 같은 휴식이지만
잠자리마저 등걸잠이다

내일 또 고달픈 하루가
기다리고 있다는 걸 알 리 없지민
꿈에서라도 행복한 꿈 꾸고 있는지

어쩌겠니,
피할 수 없는 운명 앞에
달리 방도가 없는 것을…

안쓰러웠나,
창문 넘어 들어온 새벽 달빛이
지쳐 잠든 몸 살포시 끌어안는다

걸

지금까지
살아오면서
한 번도 보지 못했던

80년을
살고서야
비로소 보이는

참을걸
너그러울걸
보고도 못 본 체할걸

걸, 걸, 걸…

지나온 날들 되돌아보니
희미한 기억 속에 켜켜이 쌓인 세월
마디마디 옹이로 남은 흉터 지울 수가 없구나

동병상련

가을은
저만치서 떠날 채비를 하고
성급한 겨울 먼발치서 아른거린다

세차게 불던 바람도 잠이 들고
내리던 궂은 비도 멎은 늦가을 날씨
을씨년스럽고 끄느름하다

비 그치면
찾아온다는 반갑잖은 추위 소식
설악산엔 눈 소식도 들린다

젊음이 전부였던 그때는 몰랐었는데
이젠 추위 소리만 들어도 겁부터 나고
닥쳐올 겨울 어떻게 견뎌야 할지 걱정이 태산

창밖엔 뼈만 앙상한 나무들
입었던 옷 훌훌 벗어 던지고
발가벗은 몸으로 정원을 지키고 있다

모두가 낙엽 되어 떠나간 빈 가지
미처 떠나지 못하고 홀로 남아
새파랗게 질린 채 바르르 떨고 있는 잎새 하나

너도 나처럼
닥쳐올 겨울 걱정 태산이더냐?

걱정도 행복이어라

미운 다섯 살
아직 일 년을 더 기다려야 하지만
어찌 감당할 수 있을까,
걱정이 앞선다

털장갑 끼고
어린이집엘 가겠다는 꼬맹이

털장갑을,
이 더운 여름날에!

깊숙이 넣어두었던 겨울 장갑
고사리손에 끼워주고서
걸어가는 뒷모습 보며 내일의 희망을 그린다

뒤치다꺼리 힘이 들지만
아무렴 어때
마냥 예쁜걸

시루에 콩나물 크듯
무럭무럭 자라기만 하면 되는 것

시간이 흘러
어른이 된 그때 뭐라 말할까?
궁금해진다

미워하고 싶어도
미워할 수 없는 기쁨 덩어리
내 딸의 딸

보고픈 사람

창가에 내려앉은 가을 햇살 벗 삼아
활짝 핀 국화꽃 향내 맡으며
그윽한 미소로 행복을 노래하던
그대와 나

오늘은
그 자리에
나 혼자 서서 그림을 그립니다

마음의 종이 위에
생각의 붓으로

그대를…

그림 속에 서라도
보고픈 사람

기다림

그대를 향한
사랑의 불꽃
점점 더 뜨겁게 타오르는데

오늘도
열리지 않는 창을 바라만 보다
언젠가는 열릴 거란 희망을 안고
간절한 기다림만 남긴 채 돌아섭니다

타오르는 불꽃은 식을 줄을 모르는데
언제쯤 열릴까요?
그대의 창

그 말씀

자식들
입에 밥 들어가는 걸 보면
배부르다던 어머님 말씀

배는 무슨
먹은 것도 없는데
거짓말도 참 잘 하신다
했었지

서울 사는 아들네 집
한라봉 한 상자 보냈더니

맛이 좋아
한꺼번에 여러 개 먹었다는
식성 좋은 손녀딸 애기 듣고
까맣게 잊고 살았던 어머님 그 말씀
불현듯 뇌리를 스친다

60여 년 세월이 흐른 뒤에야
비로소 알아들었네

왜 몰랐을까,
그때

그 깊은 뜻을…

등대처럼

참,
멀리도 왔다
많이도 걸었다

때로는
발 부르트도록
힘들어 주저앉고 싶을 때도
멈추지 않는 세월에 실려 온 79년 삶

돌아보면 까마득히 먼 길 같아도
벌써 여기까지 왔나 싶기도 하다

힘겹게 딜러온 세월이지만
할아버지란 이름표를 내게 달아준 손자 녀석들

송이송이 아름답게 빛나는 사랑의 열매
규호, 정현, 규아, 우현, 효주 있어
작은 행복에 살포시 젖는다

빛나거라 더욱더 눈부시도록!

언제 어디서든
어둠 속에 길 밝히는 등대처럼
우뚝 서기를…

개구쟁이

보고 보고
또 봐도 또 보고 싶은
개구쟁이들

날마다 보고 싶어
오는 날만 기다린다

오기만 하면
온통 난장판이 되는
할아버지 집

쫓아다니며
튀지다꺼리 힘이 들지만

그래도
오면 반갑고
가면 더 좋고

가고 나면
다시 또 보고 싶어지는
개구쟁이들

안 보면 보고 싶고
보면 미워라

꺼먹 고무신

어린 시절 동구 밖에서
엿장수 가위 소리 들리면
철부지 동심은 가슴부터 뛰고

"떨어진 고무신짝, 깨진 양은냄비"
점점 더 가까워지는 소리
인내의 한계점에 이른다

댓돌 위에 가지런히 놓인 *꺼먹 고무신
낮잠 주무시는 할아버지 몰래 엿 바꿔 먹고

할아버지 호통 소리 천둥소리보다 더 클 때
삼십육계 줄행랑이 상책이란 걸 어떻게 알았는지
걸음아 날 살려라,
했었지

해지고 날 저물어 땅거미 저도
집 밖을 맴돌던 그때
어머니 마음은 어떠하셨는지…

죄스러운 맘 그지없는데

지금도
화내시던 할아버지 모습
생각이 나면 가슴이 덜컹!

* 꺼먹: 검다의 충청도 사투리

껍질

알맹이도 없는데
껍질만 남아 무엇에 쓰나,

꼭꼭 눌러 담은 속 모두 털리고
텅텅 빈 껍질뿐인 채
저무는 노을 앞에 서 있는 친구

물 한 방울 샐 틈 없더니
쓸모없어 버려진 깨진 그릇처럼
세월의 한복판에 던져져 있다

노을은 점점 짙어만 가고
머잖아 닥쳐올 어둠 잎에
쓸쓸한 인생의 겨울 문턱을 서성이고 있다

겨울을 재촉하듯
머리 위에 쌓인 하얀 세월
실바람에 힘없이 나부끼고 있다

꽃 중의 꽃

이른 아침
활짝 핀 꽃 한 송이
아침 햇살 속에 반짝반짝 빛난다

귀에 걸린 입 닫힐 줄 모르고
항상 웃는 얼굴 언제나 밝은 모습
그런 네가 참 좋다

철 따라 피고 지는 그런 것 아닌
사계절 내내 지지 않고 피어있는
꽃 중의 꽃

손녀 딸내미 웃음꽃

세상 그 어디에
이보다 더 예쁜 꽃 또 있을까?

어디에 자랑할까 걱정하며
핸드폰 들고 찰칵…

가족 모두
기쁨으로 흠뻑 젖는
행복한 아침!

꿈 깨시라

어느 바다
누구에게 붙들려
예까지 와 이 고생을 하는가

우리가 살 곳은
육지가 아니라 바다라고 시위라도 하는 듯
*덕풍시장 어물전 좌판으로 몰려든 고등어 떼

타향살이 얼마나 힘들면 할복을 했을까?

그래도 피붙이라 둘씩 짝을 지어
서로를 부둥켜안은 채 세상을 보기조차 싫었나,
눈에는 희뿌연 인대까지 띄우고 이름까지 비꼈디
고등어 한 손

쇠파리 고공비행을 하며
호시탐탐 기회를 노리는데
아는가, 모르는가

종일토록
찾아오는 이 하나 없는 시장바닥에서
저토록 애타게 기다리는 이는 누굴까?

아직도 고향 바다 돌아갈 생각 하고 있나,
먼 나라 꿈 같은 얘기

꿈 깨시라

* 덕풍시장: 경기도 하남시 덕풍동에 있는 재래시장

나 어쩜 좋니

불쑥 찾아온 이별 앞에 방향을 잃고
출구가 보이지 않는 미로를 헤맨다

삶 속엔
이별이 있다는 걸
둘은 하나가 아니란 것도 미처 몰랐다

이제 와 안다 한들 무슨 소용
되돌릴 수 없는 현실
마음만 괴로운 것을

스산한 가을바람에
닉엽이 수수수 지고 있다

나 어쩜 좋니?
대답 없는 물음을
허공에다 던지고 먼 하늘 바라다본다

밑 빠진 독

무엇이든
담으면 담는 대로
차곡차곡 쌓이기만 했는데

언제부턴가
밑 빠진 독에 물 붓기인 듯
담기 바쁘게 새기 바쁘다

금방 담아 놓고 돌아서면
어느새 자취를 감추고
이미 담겨있던 것들도
줄줄이 달아나느라 분주하다

항아리가 담는 기능을 상실하면
그건 항아리가 아닐 텐데

점점 더 빈자리는 늘어만 가고
달아나는 기억들을 붙들고 놓치지 않으려
안간힘을 쓰는 모습 애처롭다

어찌해야 하나,
서녘에 걸린 해가
뉘엿뉘엿 저물고 있는데…

미역낚시

2020년 11월 14일
서귀포 해안
삼대三代가 바다낚시에 나섰다

큰손자 낚싯대에 걸려 나온
고등어 새끼 한 마리
제일 큰놈 잡았다고 기세등등한 정현이

파도에 밀려온 미역 줄기 하나
작은 손자 낚싯대에 걸려들었다
미역을 잡았다고 좋아서 어쩔 줄 모르는 우현이

천진난만함 속에
행복이 파도처럼 물결치고
열기는 한여름 태양보다 뜨겁다

시간이 흘러 어른이 된 그때
미역 줄기 하나 걷어 올리고
저토록 좋아할 수 있을까?

두고 볼 일이지만

하기야
미역낚시 아무나 하나
누가 뭐래도 미역낚시 하면
우리 손자 우현이가 최고지 뭐!

낯선 길

늘
마음속에만 담아두고
한 번도 가보지 못한
꼭 한번 가보고 싶었던 길

마침내 문이 열렸다
2020년 가을
현대 계간 문학 신인문학상 수상의 문

활짝 열린 문 앞에서
새로운 출발에 대한 두려움 크지만
가고팠던 길

걸음마를 시작하는 아이처럼
설레는 마음으로
낯선 길을 나선다

수없이 넘어지고
뒤뚱뒤뚱 비틀대며 가야겠지만
민들레 홀씨처럼 시詩라는 들판을
훨훨 날고 싶다

예쁜 꽃 피울 수 있게

빈손

어느 날 문득
거울 속에 비친 내 모습

무심코 바라본 얼굴
세월이 흐른 흔적만 가득
머리에도 수북이 쌓인 빛바랜 세월

나는
그 흔적 속에 무엇을 묻었는지
그 세월 위에 무엇을 쌓았는지…

주먹을 쥐어봐도
손을 펴봐도
잡히는 것 하나 없는 빈손

머릿속만 덩그렇게 비었습니다
무심한 세월만 흘렀습니다

내 고향 제천

봉황산 자락 아래 나고 자란 곳
어머님의 사랑이 강물처럼 흐르던
내 고향 제천

웬 놈의 고개 그리도 가파르던지
어린 삼 남매 짐짝처럼 메고 지고
힘겹게 넘던 고개

꼬리표처럼 달라붙어 떨어질 줄 모르던
가난과 동행하며 쉼 없이 달려온 인생길
돌아보면 아련한 추억이지만
고비, 고비마다 치열한 싸움터였다

세월의 훈장처럼 새겨진 주름살은
힘겨웠던 지난날 증명사진

반쪽을 잘못 만나
덩달아 고생길에 올랐던 내 반쪽
얼마나 힘들었을까,

생각하면 가슴이 아리다

서리서리 아픔만 가득한 고향
아련한 추억 속에 기억조차 흐릿한데
왜 이리 못 잊는 걸까?

빨래

비 온다
빨래 걷으라신다
무릎이 쑤시고 아프다는 족집게 할머니

할머니 점괘는 오늘도 백발백중

청천 하늘에 먹장구름 몰려오고
주룩주룩 쏟아지는 비
빈대떡에 막걸리 생각이 절로 나는
여름날 오후

한바탕
요란하게 퍼붓던 장대비 그치고
맑게 갠 하늘엔 흰 구름 두둥실

부지런하기로 소문났던 우리 어머니
하늘나라에서도 여전하신 듯

어느새
그 많던 먹장구름
목화송이보다 더 하얗게 빨아 너셨다

파란 하늘에 수를 놓은 듯
하얗게 하얗게 예쁘게 예쁘게

저 많은 빨래
빨아 너느라 얼마나 힘드셨을까,
우리 어머니

응원

꿈을 향해
달려가는 길 위에서

힘에 부쳐 망설이고
의지가 약해 주춤거리고
방법 몰라 힘들어하는 너에게

할아버지가 할 수 있는 건
용기 잃지 말라는, 넌 할 수 있다는
그리고 난 언제나 너의 편이라는 것

하지만
너를 대신 할 수 없음에 마음 아파도
오로지 혼자서 헤쳐가야만 하는 길
누구도 대신할 수 없다는 걸 알았으면 해

아무리 힘들어도 쉼 없이 달려가다 보면
어둡고 긴 터널에서 벗어날 수 있을 거야
따듯한 햇살이 너를 기다리고 있을 테니까
찬란한 너의 꿈이 펼쳐질 거야

그때까지
너는 노력 또 노력
나는 응원 또 응원

수영장

한솔초등학교 2학년 김우현

수영장에 물이 철썩철썩
물에 풍덩 풍덩
수영복을 입고 첨벙첨벙
수영장 안에서
철썩철썩

추운 날

한솔초등학교 3학년 김정현

2시간째 기다린
나
하지만 친구는
안 와요
친구는 내가 기다리는지
모르고
돌고 싶은 팽이가 지치는지
모르고

제 3부

빈껍데기

하늘에선 지금

작열하는 태양은
우리 모두를 어디론가
떠나고 싶은 욕망에 취하게 하고
푸른 바다가 그리워지는 계절 8월

불볕더위가 기승을 부리는 한낮
갑자기 몰려드는 먹장구름
세찬 비바람

맑고 푸르던 하늘
작열하던 태양도 자취를 감췄다

우르르 쿵쾅
지축을 흔드는 천둥소리는
누구의 통곡이며

그칠 줄 모르고
세차게 쏟아지는 빗줄기는
누구의 눈물인가?

하늘에선
지금 무슨 일이…

그날

공부에 방해될까,
핸드폰을 집에 두고 다닌단다

햇살 좋은 가을날
고개 숙인 벼 이삭처럼
알차게 여물어간다

잘 익은 사과처럼
빨갛게, 빨갛게
예쁘게 더 예쁘게 익어가렴

열심히 공부해서
호강시켜준다는 손녀딸

어쩜 그리 예쁜지

오래도록 살아야겠다
그 호강 받고 싶어서…

언제쯤일까?
기다려진다
그 날!

하룻밤 풋사랑

먼동이 트는 새벽
거친 바닷바람에 할퀸 모습 그대로
가지는 꺾인 채 *고근산 정상에서
서귀포 앞바다를 굽어보며 서 있는
소나무 한 그루

밤새도록 짙은 안개 끌어안고
사랑을 속삭였나,
잎새마다 영롱한 물방울 다이아
하나씩 매달았다

사랑의 세레나데를 부를 겨를도 없이
아침 해가 띠오르면 헤이져야 힐 운명

미구에 닥칠 이별 앞에
서로를 부둥켜안고 새벽 찬 바람에
바르르 떨고 있는 가련한 몸짓이 애잔하다

영원 하자 했던 맹세는
하룻밤 풋사랑이었더냐

어둠 속에서도
반짝반짝 빛나던 사랑의 열매
눈부신 아침 햇살에 눈물 되어 흐른다

* 고근산: 서귀포시에 있는 해발 396m의 산

서귀포 오일장

사람 사는 냄새 물씬

평범한 사람들
살아가는 모습 그대로
꾸밈이 없어서 좋다

먹거리에서부터
일상생활용품에 이르기까지
없는 것 빼놓고 다 있는 곳

여기저기 울려 퍼지는
호객꾼들 함성
시장바닥은 분주해지고

일류백화점 명품세일 인양
호떡 굽는 가게 앞
길게 늘어선 줄 끊이질 않는다

어디 그뿐이랴,
찰옥수수 익는 내음
누구에게나 무상으로 무한 리필

시장 구석 한편에
봄 내음 물씬 풍기는 냉이 한 무더기 앞에 놓고
지친 듯 졸면서 손을 기다리는 하얀 머리 할머니

어쩌다 손을 만나면
냉이 한 봉지 덤 한 움큼
1+1 bargain sale

시장 나들이 나온
나이 지긋한 할아버지

순대국밥 한 그릇으로 빈속 채우고
막걸리 한 대접 목을 축이고 나면
투박한 손으로 입술 한 번 훔치며
호탕하게 웃는 너털웃음은 행복의 sign

사람 사는 냄새 가득한
서귀포 오일장

세월

영원히 변치 않을 것만 같았던 젊음
잔인한 세월이 모두 빼앗아가고
빈 거죽만 남았다

젊음이 있던 자리 노인이 보이고
풋풋하던 피부는 세월을 건넌 흔적뿐
하늘 찌르던 패기는 간 곳을 모른다

내 젊음, 어디 갔느냐고
푸념을 해봐도 소용없는 일

야속하지만 탓해 뭘 해,
찍힌 발등 아픈 줄도 모르고 살아온
무지한 내 탓 말고는 할 말이 없는걸

세월 앞에 장사 없다는데
낸 들 어쩌겠는가,
자신에게 변명하며 백기를 든다

빼앗긴 젊음 찾을 수도 없으면서
어찌하면 좋을까,
실없는 걱정에

주름살 하나 추가요 하는 소리
귓전에 들리는 듯…

무심한 세월
말없이 제 갈 길 가고 있는데
나는 어디로 가고 있나,

갈길 몰라 허둥대는 날 보고
세월은 뭐라 말할까?

그냥

한때는
전화기 불난다 할 때도 있었는데
지금은 한산하기 그지없는 백수白叟

나만 그런가 했는데
전화기도 할 일 없기는 마찬가지
요즘 흔한 말로 우린 운명 공동체?

온종일
전화 한번 없는 날이 허다하다

어쩌다 한번 걸려온 전화
어쩌다 한번 걸어본 전화

반갑다는 인사 바쁘게
어떻게 지내느냐 묻기 바쁘게
여기저기 고장 나 삐거덕거리는 소리만 와글와글

혈압이, 당뇨가, 관절이
병원은 어디가 어떻고 등등…
종합병원 냄새만 무겁게 내려앉는다

무쇠로 만든 기계도 오래 쓰면 닳는 법
하물며 물로 된 사람의 몸뚱어리
어찌 온전할 수 있겠나,

그냥
그러려니 하며 사는 거지
뭐 다른 방법 있간디?

한 줄 기차

오월의 햇살 속에
놀이기구들이 졸고 있는 한낮
*한 줄 기차를 타고 온 꼬마 손님들로
시끌벅적한 놀이터

잠에서 깬 놀이기구들
손님맞이에 분주하다

철도가 없는 제주
유일하게 기차가 운행되고 있는 곳
내담 어린이집

놀이터 광장에서는 누구랄 것도 없이
종횡무진 좌충우돌 쾌속 질주만 있을 뿐
무질서가 질서인 현장
그 속에서 어린 꿈나무들은 자란다

한바탕 소란을 피우고 나면
꼬마 손님들은 열차 시간에 맞춰
다시 또 기차에 오른다

이마에 맺힌 땀을 훑고 지나가는
싱그러운 바람 한 줄기
한쪽 모서리에 피어있는 *송엽국 꽃송이들이
오월 훈풍에 간지러운 듯 방글방글 웃는다

* 한 줄 기차: 한 줄로 서서 앞사람의 뒤를 따라 걷는 모습
* 송엽국: 사철채송화 또는 솔잎을 닮은 국화라 하여 붙여진 이름

누나야

까만 벨벳 치마저고리
뾰족구두가 등록상표인 듯
인기 하늘 찌르고

1950년대 보릿고개 시절
뭇 시선을 한몸에 받으며
거리를 활보하던 시골 면장 집 딸

젊음도 인기도 한낱 무지갯빛 신기루였나
화려한 날은 가고 빛바랜 사진처럼
흐릿한 기억들만 안개처럼 자욱하다

젊음도 인기도 건강도
모두 다 세월 속에 묻고
휠체어에 몸을 맡긴 채 힘들어하는 누나

지나간 날을 오늘인 듯 꺼내보지만
인기 짱이던 우리 누나 보이지를 않고
소리쳐 불러봐도 공허한 메아리만
허공을 맴돌다 사라집니다

파도처럼 밀려드는 아픔이 가슴을 쥐어뜯어도
어쩌지 못해 그저 바라만 볼 뿐
타는 가슴만 숯덩이 되어 목이 멥니다

부디 아프지 마세요
이 세상 다하는 날까지…
그리 힘들어하시면 이 동생 어쩌라고요

사랑하고 또 사랑하는
우리 누나야

갈대

바람에 흔들리는 것이
어디 갈대뿐이던가

삶 속을 파고드는 바람 앞에
속절없이 흔들리고 마는걸

가고 싶다,
갈 수 있는 것도 아니지만
가기 싫다,
아니 갈 수도 없는 장난 같은 삶

대쪽같던 결기는 간 곳 없고
삶의 지혜라 자신에게 변명하며
바다 건너 낯선 땅 제주로 발길을 돌렸다

마음속에 내리는 비
흥건히 젖은 몸

삼 다의 섬
제주의 명품 바람에 말려보지만
쉬이 마르지를 않는다

실바람에도 눕고 마는
연약한 갈대 되어
오늘도 젖은 채로 하루가 간다

눈 내린 아침

까만 밤에
하얀 눈이 밤새도록
하얀 세상 만들었다

먼 산에도 들판에도
앞마당에도 뒤란에도 장독대에도
소복소복

하 정겨워
한 움큼 입에 넣으니
솜사탕처럼 스르르 녹는다

아무도 가지 않은 새로운 길
처음으로 내가 간다
뽀드득뽀드득 소리 나는 하얀 길

앙상한 나뭇가지에 쌓인 눈
우리 손자 먹다 놓친 솜사탕
사슴뿔에 걸린 듯

어머님 품속같이 포근하게 느껴지는
눈 내린 아침
돌담에 걸터앉은 아침 햇살 눈 부시다

덩실덩실

할아버지 서툰 솜씨로 적어놓은
몇 줄의 글

나름 시詩라며
처음부터 끝까지 외웠다고
자랑을 늘어놓는 10살 손자

"보고 보고 또 봐도 또 보고 싶은
우리 집 개구쟁이들" 한다

마냥 어린 줄만 알았는데
어찌 이런 생각을 다 했을까?

자랑거리 하나 생겨서 좋다
손자 없는 사람 어찌 알겠나,
이게 바로 행복인 것을

눈을 마주치고
해맑게 웃는 손자 녀석
이뻐 죽겠다

덩실덩실
춤이라도 한판 춰볼까나,

가을날 오후

따듯한 햇살 흠뻑 젖은
밤나무 가지에서
알알이 영그는 가을!

뒷산에 올라 알밤 한 자루 주워다 놓고
소풍 가는 날 기다리는 아이처럼
설레는 마음으로 기다리는 아들에 아들

이 녀석들
빨리 와야 할 텐데
밤벌레 생기기 전에

기다리는 마음 바쁘기만 한데
자루에서는 벌써 햇밤 찌는 냄새 가득한
가을날 오후

가자, 조금만 더

무지하면 용감하다 했나,
건강이 뭔지 몰랐던 죄

이 어인 날벼락
폐암 3기 말

천근만근 가라앉은 몸
손가락 하나 움직이는 것조차 힘이 들고
발걸음을 뗄 수가 없어 지팡이에 몸을 맡긴 채
어린아이 걸음마 하듯 뒤뚱거렸다

수은주가 섭씨 33도를 오르내리는 여름날
겨울 잠바를 입고서도 추위에 떨어야 했던
그해 여름
나에겐 혹독한 겨울이었다

목숨 건 싸움 앞에서 설움이 복받쳐 눈물이 나도
무지한 내 탓 말고는 누구도 원망할 수가 없다

너무도 힘이 들어 울고 또 울면서
걱정하는 자식들 앞에서는 눈물 보이기 싫어
애써 태연한 척 가슴으로 울었고
아무도 보지 않는 외딴곳에서는 혼자 눈물을
흘렸다

턱까지 차오른 숨은
금방이라도 멎을 것 같아 주저앉고 싶지만
할아버지 빨리 나으라는 어린 손자 목멘 소리에
용기 내어
울면서 가다가, 가다가 또 울면서 여기까지 왔다

저녁이 오면
오늘 하루도 참,
잘 견뎌 냈다고 스스로 위로하면서

내일 아침
떠오르는 붉은 태양을 다시 볼 수 있을까,
두려움을 끌어안고 지친 몸을 이불 속에 묻은 것이
그 몇 번이던가

경험하지 못한 사람
그 누구도 알 수 없을 것 같은
처절한 삶의 끝자락에서
힘겹게 힘겹게 버텨 오지 안았나?

가자, 조금만 더!
어렴풋이 정상이 보인다
완치판정의 정상에 서는 날까지…

몽돌

모난 돌

억겁의 세월
파도에 깎이고 비바람에 씻기면서
몽돌이 되듯

까칠하던 고놈의 성질머리
흐르는 세월에 닳고 또 닳아
몽돌을 닮아가지만

아직도 남은 뾰족함
얼마나 더 많은 세월 닳아야 할까?

몽돌이 되기까지…

미소

가슴속에 묻어두고
꺼내지도 못한 채 살아가지만

낙엽 뒹구는 늦가을 길목에서
아스라이 떠오르는 지난날 추억

솜사탕처럼 달콤했던 시간 들
볼우물 곱다랗던 그대의 미소
아지랑이처럼 모락모락 피어나는 그리움

바람처럼 스쳐 간 인연
문득문득 아문 상처 도지듯 생각이 난다

오늘따라
별빛도 유난히 아름다운 밤
그대도 저 별 보고 있는지?

언젠가 어디선가
한 번쯤 만나고픈 사람

봄

물러설 것 같잖던 동장군
봄 앞에 무릎 꿇고 떠난 자리
다스한 햇살 온 누리 가득하다

개나리 진달래 벚꽃 목련 등
이름 모를 들꽃까지
형형색색 앞다퉈 피는 꽃들
한 폭의 그림 같은 봄

꽃나무 가지마다
봄 햇살 흠뻑 젖어
한결 더 아름답게 빛난다

어쩜 저리도 곱게
저마다의 색깔을 피워낼 수 있을까?

하얀 물 먹고 빨간 꽃 피우고
하얀 물 먹고 노란 꽃 피우고
하얀 물 먹고 하얀 꽃도 피우네

꽃의 마술사
봄!

나그네

가야 할 곳도
오라는 곳도
정붙일 곳 하나 없는 낯선 땅 제주

을씨년스런 날씨
궂은비는 하염없이 내리고
외로움은 가슴 속을 파고드는데

오늘따라
육지 사는 손자 녀석들
너무도 보고 싶다

까맣게 잊고 살지만
오늘같이 내리는 빗물
창문 타고 흘러내리면
아문 상처 도지듯 되살아나는 그리움

가뭄에 시든 풀잎처럼 생기 잃은 내 모습
언제쯤 단비 내려 마른 목을 축일까?

오늘도
목마른 풀잎같이
단비를 기다리는 나는 나그네

난 어떡하라고

바람결 인양
스치듯 지나간 인연이라 생각하면
그만인 것을

왜 이렇게 보고 싶은지
새긴 정情 너무도 깊어
잊으려 하면 할수록 더욱 보고파진다

사랑을 노래하며 행복에 겹던 지난날
되돌아봐도 다시 올 수 없는 그때
가슴속 깊이 아픔으로 남는다

어차피 갈 거였다면
모두 다 가져가야지
뭣 하러 그리움은 남기고 갔나?

잡는 손 뿌리치며
떠나던 뒷모습
자꾸만 눈에 밟혀

눈 감으면 잊을까,
눈 감아봐도 어느새 감은 눈 속에서
생긋이 웃고 있는 너

난 어떡하라고…

빈껍데기

저녁놀 붉게 타는 해거름
공원 벤치에 앉아 초점 잃은 시선으로
멍하니 지는 해를 바라보고 있다

하루해 저물고 인생도 저무는데
무슨 생각 하고 있나,
잔나비 띠 동갑내기 친구

어린 자식 재롱에 입꼬리 귀에 걸며
행복에 겹던 아들은 모르는 사람
혼자뿐인 듯 자랑 하늘 찌르던
손자도 모르는 사람

장마통에 논 밭뙈기 쓸려나가듯
울고 웃었던 삶의 기억들 통째로 잃어버리고
거죽뿐인 빈껍데기인 채 황혼의 들녘에서
인생의 덧없는 세월을 건너고 있다

땅거미 지는데
둥지 찾는 날짐승처럼

아내 손에 이끌려
보금자릴 찾아 종종걸음으로 뒤따라 가는
빈껍데기의 애잔한 뒷모습이 노을빛에 쓸쓸히 젖는다

이런 젠장

얼굴엔 세월이 흐른 흔적 자글자글
머리에도 하얀 세월 수북이 쌓였다

작은 글씨는 아예 본 체도 않고
큰놈만 찾아다니는 눈
작은 소리는 처음부터 들은 척도 않고
큰소리만 불러들이는 귀

동작은 또 왜 그리 굼뜬지
몸 따로 생각 따로
각 돌고 있다

쇳덩이로 만든 기계도
오래 쓰다 보면 닳고 고장 나는 법

하물며 물과 뼈로 이루어진 몸뚱어리
80년을 써먹었는데 어찌 온전할 수 있겠나 싶어
그냥 그러려니 하며 살아가는데

6.25 전쟁통에 남편과 생이별 하고
삯 바느질로 어린 자식 홀로 키우며
청춘을 세월 속에 묻고 살았다는
91세 할머니의 가슴 찡한 사연을
TV에서 보고 있노라니 코끝이 시큰거리고
눈가가 촉촉해진다

이런 젠장
시방 내가 우는겨?
또 어디가 고장 났다더냐…

등불

행여나
임 오시는 길
어둠 속에 길 잃으면 어쩌나,

오시는 길 몫마다
마음의 등불 하나 밝혀놓고
기다립니다

까만 밤 하얗게 지새는데도
어둑새벽이 저만치 오고 있는데
기다리는 임은 오시질 않고

길 밝히던 등불도 기다림에 지친 나도
졸음에 겨워 깜박이는데
반짝이는 별빛마저 가물거린다

휙 하고
지나가는 새벽 찬바람
깜빡이는 졸음을 흔들며 간다

언제쯤 오시려나
기다리는 님!

제4부

행복 삼중주

결혼상담

제자가 묻고
스승이 대답한다

선생님,
저 장가가려고 하는데
이런 여자와 결혼하면 어떨까요?

스승이 제자에게 되묻는다

세상에서
가장 행복한 결혼이라 믿느냐?

꼭 그런 것은 아니지만

다시 묻는다
그럼 가장 불행 할거라 생각하느냐?

그렇지도 않고요

그럼 뭘 묻나,
뜨뜻미지근하면 그냥 하는 거지
어디 그렇게 입에 맞는 게 있다더냐,

말문을 잃은 제자 멍하니 서서
초점 잃은 시선을 허공에 던지더니

한참을 서 있다 돌아가는 길
툭 내뱉는 혼잣말
에이, 괜히 물어봤네…

찜통 속

섭씨 36°를 오르내리는
불볕더위가 기승을 부리는 8월
아스팔트는 녹아내리고
자동차가 내뿜는 배기가스는
더위에 지친 사람들을 더욱 힘들게 한다

어쩌다 이 길에 들어섰는지
프라이팬처럼 달궈진 아스팔트 위에서
온몸을 뒤틀며 미친 듯이 날뛰는
지렁이의 모습은 광란 그 자체

한번 실수로 잘못 들어선 길
비명횡사로 이어지는 현장
광란의 춤판은 끝이 나고 참혹한 최후를 맞는다

지난겨울
하늘나라 에어컨 때문에
추위에 달달 떨어야 했는데

이번엔 또
삼복염천三伏炎天에
하늘나라 히터 때문에
지구가 온통 펄펄 끓는다

등줄기를 타고 흐르는 땀
빗물처럼 흘러내리는데
하늘나라 히터는 언제쯤 가동을 멈추려나

천고아비

2015년 10월 17일 08시
서울대학교 분당병원 본관 로비
암이라는 병마와 싸우고 있는 환우들

마치 오래전부터 알고 지낸 사람들처럼
같은 처지인 사람들끼리 힐링 여행을 떠난다
밤하늘의 별빛이 유난히 아름답다는 가평으로

그곳에서 임시로 문을 연 음악다방
학창시절 즐겨 부르던 팝송이 흘러나오고
자신이 환자라는 사실도 잊은 채
아련한 추억에 젖어 시간 가는 줄 몰랐다

의사 선생님들 학창시절 연애담은
즐거움을 더하는 기쁨의 요소가 되고
환우들의 얼굴엔 웃음꽃 활짝

간식으로 나온 호박 고구마
이렇게 맛있는 건 생전 처음
환경이 맛도 만드나 보다
꿀맛이 별거더냐, 이게 바로 꿀맛인 것을…

하늘엔
솜사탕 같은 구름 한가로이 떠가고
마음은 푸른 하늘을 훨훨 날고 있다

천고마비天高馬肥의 계절
가을!

오늘은
내 몸과 마음이 함께 살찌는
천고아비天高我肥의 날

고향 집

누가 말했나,
타향도 정들면 고향이라고

오늘도 잊지를 못해
그리움에 매달려 하루가 간다

쉽사리 정들지 않는 타향
쉽사리 정 붙이지 못하는 나
나만 그러는 걸까
남들도 그런 걸까…

다시 돌아간다 해도
반겨줄 이 하나 없는데

시린 추억만 남은 가슴에 그리움만 쌓이고
질기도록 달라붙어 떨어질 줄 모르던 가난

가파른 보릿고개 힘겹게 넘던 때가
서럽도록 그리운 고향 집

행복 삼중주

인생의 봄날
뿌린 씨앗

척박한 토양,
거친 비바람 속에서도
알차게 영글어 반짝반짝 빛나던
사랑의 열매

새봄 새순 돋듯
다시 또 꽃피는 봄을 맞는다

가지 끝에 매달려
방글방글 웃고 있는 사랑의 꽃
아들도 웃고 나도 웃고 3대가 함께 웃는다

행복 삼중주三重奏

인생이란
그렇게 흘러가는 것
이어달리기하며 가는 것

회상

잠시만 떨어져도 보고 싶어
몸살을 앓던 혈기 왕성하던
젊은 날

외딴 섬에라도 가
뱃길이라도 끊겼으면 할 때도 있었지,

상상의 나래를 펴던 계산된 계산

웬 놈의 비바람은 그리도 사납던지
외딴섬 가기도 전 뱃길 끊겨
발걸음도 끊겼다

끊긴 뱃길에 갈매기 나는데
날개 없는 난 뒷걸음질 치고

계산된 계산은
과녁을 빗나간 화살

이제는 빗나간 화살처럼
세월도 빗겨 갔지만
곁에 두고도 보고 싶다던 그때 그 사람

문득문득 생각이 나면
지금도 변함없이 보고파 진다

지금은
어느 하늘 아래 살고 있는지

오가는 길목에서라도 한 번쯤…

흐린 눈

까만 밤에 하얀 눈이
밤새도록 내렸다

눈 구경 힘든 요즘
하 반가워

산 위에 올라 바라본 설경
마치 동화 나라에 온 것만 같아
마음은 구름 타고 하늘을 난다

마을마다 겨울 속에 잠기고
목화송이보다도 더 하얀 구름
쪽빛 하늘은 눈이 시리다

소나무 가지마다
소복소복 쌓인 눈이 정겨워
휴대폰 들고 사진 한 장 찰칵

가지 끝에 걸린 사진 속 구름이
70 중반의 흐린 눈으론
구름인지 눈인지 분간키 어려워

눈 비비고 다시 봐도 마찬가지

눈目이
눈雪과 구름을 분간하지 못하고
옆에 있는 손자에게 묻는다

구름이 맞느냐고?

제비꽃

강남 갔다 오신다더니 벌써 오셨나,
지나는 해님께 인사하는 세 자매

넓은 세상 좋은 자리 모두 양보하고
척박한 돌 틈새 비집고 똬리 틀어
오가는 이들 마주 보며 마스크 대신 귀에 건 입술

* 본 작품은 전국디카시백일장대회의 동상 수상작 「제비꽃」으로 제비꽃 색상
  의 컬러를 흑백인쇄하여 게재함

짝꿍

어린 시절
소꿉장난하던
코흘리개 짝꿍

고등학교 시절
남녀 공학
같은 반 짝꿍

어른이 된 뒤
한 이불 같이 쓰다가
경로당 짝꿍

봉안당奉安堂으로
이사 간 뒤
지금은 돌싱

나도 언젠가
봉안당奉安堂으로
이사 갈텐데

그때도 짝꿍 할 수 있을까…

졸업

2022년 2월 23일
*내담 어린이집
밀물처럼 밀려왔다, 썰물처럼 빠져나간
텅 빈 교실
고요한 침묵만 흐른다

다시 또 밀물 때를 기다리는
해솔 반 교실

화가를 꿈꾸고, 작가를 꿈꾸고
발레리나를 꿈꾸며 저마다의 모습으로
북새통을 이루던 작은 꿈나무들

헝클어진 머리 곱게 빗겨
가지런히 묶어주던 *설희 선생님
사랑하는 제자들 떠나보낸 마음 어떠하신지…

만나면 반갑다고 매달리며
할아버지 선생님 하던 모습들이
창문 넘어 들어 온 햇살 속에 아른거린다

졸업은 끝이 아니라
새로운 시작이라 하지 않던가
서툰 몸짓으로 거친 바다를 향해
헤엄쳐간 작은 꿈나무들 내딛는 걸음,
걸음마다 영광 또 영광 있으라!

* 내담 어린이집: 제주도 서귀포시 신시가지에 있음
* 설희 선생님: 해솔 반 담임 선생님

종로3가역

어느 봄날
활짝 피었다 시드는 꽃송이

나름대로 멋을 부려 분단장하고
날아드는 벌 나비 꾀느라
반짝이는 두 눈 바쁘다

세월이 흐른 흔적 빼곡한 얼굴
머리에도 빛바랜 세월 수북이 이고서도
어느 꽃에 앉을까, 저울질 분주한 벌 나비

어쩌다 눈이라도 마주칠 때면
룰루랄라 활짝 핀 꽃으로 다시 피어니
무릉도원을 찾아 떠나는 꽃과 나비

낙화落花도 꽃이라지 않던가,
시드는 꽃도 꽃이기에
벌 나비 날아드는 것

본능인 것을…

계절도 잊은 듯
눈 내리는 날에도
시든 꽃은 새롭게 피어나고

또 한 장의
역사가 이루어지는 현장
종로3가역 1번 출구

지금 참

가을 햇살
느린 기지개를 켜는
토요일 오후

첩첩산중
고즈넉한 절간 마냥 조용하던 집
갑자기 왁자그르르하다

얼마나 보고 싶었나,
보고 있으면서도 보고 싶다는 생각
할아버지와 손자라는 이름으로 만난 우리

사랑한다는 말
아무리 많이 한 대도 부족하지만
너희들이 내 손자라는 게 자랑스럽고
한없이 기쁘기만 한 할아버지

바라보는 것만으로도
이렇게 행복한 것을
왜 미처 몰랐는지

지금
참 행복하면서도 말이야,

가을

실바람에
하늘하늘 춤추는 코스모스 꽃길
한가로이 노니는 고추잠자리

황금 물결 넘실대는 풍요로운 들녘
곱게 물든 단풍잎 아름다운 산야

휙 하고 지나가는 심술 궂은 바람 한 줄기
창문 활짝 열고 바깥세상 구경하던 밤톨 삼 형제
천길 벼랑으로 곤두박질친다

구름 한 점 없는 쪽빛 하늘
길 잃은 낮달이 알밤 줍는 내 모습 지켜보다가
눈을 마주치고는 부끄러운 듯 하얗게 웃는다

알밤 몇 알 주워들고 돌아가는 길
손자 녀석 싱글벙글 웃음꽃 활짝
나도 따라 싱글벙글 행복한 웃음

행복의 계절
가을!

토끼 서리

거칠게 몰아치는 눈보라
귓불을 도려내듯 찬바람 매섭던 긴긴 겨울밤

사랑방에 모여
토끼 서리 모의하고 곧바로 행동개시

포획한 전리품
가죽 벗겨 토담집 벽에 붙여 놓았다
내일의 수제귀걸이 원단

살코기 술안주로 변신
뒷집 친구도 불러 함께 막걸리 한잔

몇 순배 돌고 자정이 넘은 시간
안주도 동이 나고 주전자도 비었다
모두 돌아갈 시간

잘 먹었다는 뒷집 친구에게
서리한 술안주 너희 집토끼라고
이실직고

"정말?" 호탕하게 웃으며
"잘 했네, 잘 했어," 하던
정 많던 친구

지금은
어디에서 살고 있는지,
보고 싶구나

꽁꽁 얼어붙은 겨울밤을
훈훈한 우정으로 녹여내던 그 밤은
아주 먼 옛날인 듯 기억마저 가물가물…

편히 쉬세요

단풍잎 고운 산야
맑고 고운 하늘 뭉게구름 한가로이 떠가고
황금 물결 넘실대는 시월 상달에
풍요를 만끽할 겨를도 없이 푸르른 젊음이
바람에 낙엽 지듯 우수수 떨어져 갔습니다

어찌하여 이런 일이!
하늘도 참 무심하시지…

지켜주지 못해 미안하다는 말도
네 잘못이 아니란 말도
모두 공허한 메아리 되어
허공에 흩어진다

가야 할 길 아직 멀기만 한데
여기서 멈추다니요

잘 가라는 마지막 인사
한마디 말 못 하고 눈물로 보내야 하는 마음
이루지 못한 꿈들이 산산이 부서지는 아픔
이렇게 큰 것을

그대들이 이루려 했던
용광로보다 더 뜨거웠던 꿈과 열정
이제 우리들의 몫이 되었지만

다시는 이 땅에
이러한 비극이 일어나지 않도록
최선을 다하겠다는 말도 사치일 뿐
어떠한 말로도 위로가 되지 못함을 알기에
할 말을 잃습니다

모쪼록
2022년 10월 29일
이태원 참사에 희생된 젊은 넋들
삼가 두 손 모아 명복을 빕니다

편히 쉬세요

이별

행복을 노래하며
함께 꿈꾸던 사랑
활짝 피우지도 못한 채 날아가 버린 꿈

떠나면 그만이고
보내면 그만인 것을
왜 이렇게 힘이 드는가

퍼즐 조각 같은 깨진 꿈들을
하나하나 모아보지만 아무런 소용도 없이
이내 곧 사라지고 마는 허무함

황량한 들판에 홀로 남은 빈 가지
다시 올 봄날을 기다리지만

경험하지 못한 이별
사무치는 그리움에 잠 못 드는 밤
밀려오는 통증은 멎지를 않는다

메마른 빈 가지
언제쯤 새싹 돋아나 꽃피는 봄이 오려나

아직도 깊은 겨울 한복판인 듯
바람만 차다

서귀포를 떠나며

떠날 채비를 한다
거리에 나뒹구는 낙엽처럼
등 떠미는 바람에 또 짐을 싸야 하는
장난 같은 삶

타향도 정들면 고향이라기에
철석같이 믿었는데
정들만 하니 또 떠나라 한다

떠나면 그만이지 무슨 미련 있나 싶다가도
막상 떠나려니 눈에 밟힌다

외로움을 달래러 낚싯대 하나 들고 나가면
언제고 어느 때고 고등어 새끼 *각재기 새끼
두 마리 세 마리 시샘하듯 걸려 나오던
손맛 제법 짭짤하던 서귀포 바닷가

미세먼지 없는 맑은 하늘
새벽잠 설치며 고사리 꺾으러 가던 일
짧은 시간 정들었던 사람들…

그리울 것만 같아 머물던 자리 되돌아본다

누가 알랴?
어느 바람 날 또 이곳으로 데려다 놓을지
아쉬운 미련을 안고 떠나지만
혹시라도 다시오는 그날엔 정든 고향이겠지

* 각재기: 전갱이를 부르는 제주어

훨훨

허둥대며 걸어온 길

다리 아프도록
때론 발이 부르트도록
걷고 또 걸어서 예까지 왔는데

어느덧
해는 서산에 걸리고 노을빛 붉게 물드는데
얼마나 더 가야 하는지
얼마나 더 갈 수 있는지 알 수 없는 삶의 길

대학병원 진료실 앞
차례를 기다리는 마음
점점 더 깊은 수렁으로 빠져만 간다

조용히 눈감아봐도
허둥대던 기억들만 아른거리고
다시 또 땅을 딛고 일어설 수 없을 것 같은 두려움
타는 노을빛 따라 내 마음도 붉게 물들어간다

걷고 또 걷다 지쳐 잠들면 그만인 것을
왜 이리 힘들어하나,

깃털처럼 가볍게
미련도 아쉬움도 모두 다 버리자
훨훨 훨훨

설마

언제나 만나면
반갑다며 소주도 한잔하고
정다운 얘기 함께 나누던 불알친구

한동안 뜸하다 싶더니
요즘 새로운 친구 만나 한집에 같이 산단다

차곡차곡 쌓아놓은 삶의 기억들
송두리째 털리고 털린 줄도 모른 채
치매하고 같이 산다는 소식

왜 하필이면 그놈이냐고
탓해보지만

어쩌겠나
달라붙어 떨어지질 않는다는데
친구인들 그러고 싶었겠나,

혹시 이놈 내게도 나 모르게
드나드는 건 아닌지
설마 설마 하면서도 편치 않은 마음

아까 저녁 먹고 먹어야 하는 식후복용 약
먹은 것도 같고 아닌 것도 같고
애먼 약봉지만 만지작만지작…

금쪽같은 내 새끼

저런, 저런
우째 이런 일이!

하지 말라는 만류에도 아랑곳없이
폭력으로 저항하는 어린 아들 앞에
속수무책인 엄마

폭력의 아픔보다
더 아픈 건 엄마의 마음
볼을 타고 흐르는 눈물이 말하고 있다

누구를 탓할 수도 어찌할 수도 없는
내 배 이퍼 낳은 금쪽같은 내 새끼

언젠가는
행복한 날 올 거라는 믿음 하나로
묵묵히 자리를 지키고 있다

언제쯤 오려나
그 눈물의 의미를 아는 날

마를 날 없는
엄마의 눈물 속에
오늘도 한 뼘쯤 커가고 있는 금쪽이

경칩

떠나야 할 겨울
아직도 먼 산에 남아 늦장 부리고
성급한 봄 들판을 기웃거린다

늦장 부리는 겨울 등 떠밀며
꽃망울 터뜨리는 봄 앞에
심통 부리는 거친 눈보라가 매섭다

겨울 아닌 봄
봄 아닌 겨울
한 지붕 두 가족
딴살림 차린 오늘
서로의 기 싸움이 치열했던 하루

대동강 물은 풀렸는지
개구리는 겨울잠에서 깨어났는지?

오늘이 경칩이라는데…

제 5 부

하얀 거짓말

농담

살기 위해 먹느냐,
먹기 위해 사느냐고 묻는다

대답 대신 되묻는다

그럼 넌 이거 아니?
달걀이 먼전지 닭이 먼전지

어~
그건 말이야,
대답 대신 말끝을 흐리는 친구

거봐,
저도 모르면서

마주 보며 빙그레 미소짓는 두 얼굴

실없는 농담 속에
배시시 피어나는 웃음꽃

사랑의 열매

거칠게 휘몰아치는 비바람
혹독한 추위 세찬 눈보라 속에
방향을 잃고 허우적거릴 때

삶에 지친 몸 감싸 안으며
희망의 빛이 되어준 사람

사막에서
오아시스를 만난 것처럼
당신을 만난 것은

그것은 기쁨이었습니다
그것은 행복이었습니다

그 기쁨과 행복으로
심고 가꿔 온 우리 사랑의 열매
더욱더 알차게 익어갈 수 있도록

나는 썩어서 거름 되고
당신은 따듯한 햇살 되어야지요

놓칠 뻔했어,

보물찾기를 하듯 이
거저 찾으려 했던 행복
어떤 모습인지 어디에 감춰 있는지
알지 못하면서 헤맨 세월
하 세월 보냈던가?

알 수 없고 찾을 길 없어
그저 그러려니 하고
누구나 그러하듯 결혼해서 씨앗 싹틔우고
그렁저렁 살았다

떠도는 구름처럼 세월은 흐르고
씨앗들은 자라 또 싹을 틔우던
어느 날

내 품에 안기어
볼에다 입 맞추며 *송당송당
"할아버지 사랑해"

순간, 감전이라도 된 듯
머릿속에서 번쩍하고 불꽃이 튄다

그래, 이거야!
이게 바로 행복인 것을…
*족으나 크나 먼 곳이 아닌 내 안에 있는 행복
놓칠 뻔했어, 하마터면

* 송당송당: '속닥속닥'의 제주도 방언
* 족다: '작다'의 제주어

번호표 한 장 들고

2023, 07, 21
분당 서울대학교 병원 암 병동

진료실 앞 대기석
번호표 한 장 들고 대범한 척
아무 말 없이 순번을 기다린다

폐암 3기 말
내일을 보장할 수 없는 목숨 건 투쟁 앞에
아무것도 할 수 없는 무기력한 자신

힘겹게 살아온 날들
새록새록 머릿속을 스쳐 지나간다

힘겹게,
힘겹게 여기까지 왔는데
어느덧 황혼의 들녘에서
저무는 해 바라보고 있다

두근두근 가슴속 방망이질 소리
마음은 천 길 나락으로 곤두박질치고
손가락 하나 움직일 수 없을 것 같은
공포에 떨고 있다

아무도 알려주지 않는
한 번도 가보지 않은 길 위에서
두려움 속에 갈 길 몰라 허둥대는 자신에게
대답 없는 물음을 던진다

어디로 가고 있느냐고
어디로 가야 하느냐고…

사월이다

스치는 바람 속살처럼 부드러워
진달래, 개나리 살며시 얼굴 내밀었는데

심술궂은 겨울 찬바람 세찬 눈보라
한바탕 휩쓸고 지나간 자리
따스한 봄 햇살 내려앉았다

겨울을 뒤집어쓴 분홍빛 진달래꽃
한 줌 햇살에 수줍은 듯 얼굴을 붉히고
하얀 모자 꾹 눌러 쓴 개나리꽃
불어오는 실바람에 간지러운 듯 노랗게 웃는다

봄과 겨울
밀고 밀리는 싸움 치열했던 하루
아무리 추운 겨울이 봄을 막아선다 해도
조용히 찾아온 봄 앞에 떠밀려 가는 겨울

사월이다!

보름달

고향 마을
신작로新作路 미루나무 아래서
한가위 보름달 보며
가지런히 두 손 모으고 소원을 빌던 소년

어느덧 70 중반의 노인이 되어
낯선 땅 서귀포에서 쓸쓸한 추석을 맞는다

그리운 고향,
정든 친구들 모두 두고 떠난 나
오늘따라 달빛마저 싸늘하다

멀리 고향의 풀 벌레 소리 귓전에 맴돌고
파도처럼 밀려드는 그리움

어린 시절
소꿉장난하던 정든 친구들
지금은 어떻게 살아가고 있는지?

가을이면 뒤란에 탐스럽던 빨간 대추
올해도 주렁주렁 열려있겠지,

생일선물

먹고 싶은 게 뭐냐고
갖고 싶은 게 있느냐고
묻지만

갖고 싶은 건 뭐,
말끝을 흐린다

왜
난들
그런 것 없겠는가,

잘 해준 것 하나 없이
용돈 한 번 넉넉하게
쥐 본 일 없는 아비로서
무거운 맘 땜에 그럴 뿐이지

그래도
때마다 잊지 않고 기억해주는 자식들
생각해주는 것만으로도 기쁨인 것을,

살며시 번지는 입가에 미소
파문이 일 듯 작은 행복이 밀려온다

수학여행

기쁨과 행복에 젖어
들뜬 마음 감추지를 못하고
마냥 즐겁기만 한 여고생

활짝 핀 꽃처럼 함박웃음 가득한 얼굴
보면 볼수록 아름다워 혼자 보기 아깝다

그래,
잘 다녀오거라
한순간 한순간이 예쁜 추억 될 테니

먼 훗날
삶의 자양분이 되고 활력소가 될 거야
아름다운 추억 많이 만들어 보렴

사랑하는 손녀딸
기쁨과 행복 속에 떠나는 수학여행
발걸음도 가벼워 보는 이도 즐겁다

꿈많은 여고 시절
희망을 안고 달려가는 그 길 위에
아름다운 꽃 알찬 열매 주렁주렁 맺히길…

그냥 그렇게

예고 없이 찾아온 바람에 실려
남쪽 섬 제주까지 떠밀렸는데

바람은 한곳에만 머물지 않는가
낯선 땅 정도 들기 전 다시 또
하남 덕풍 골까지 밀렸다

별로 소중하지도 않으면서
없어서도 아니 되는 살림살이
무슨 보물인 양 갈무리하느라 몇 날을 보내다
모처럼 창문 열고 밤하늘 보니
내 사는 집 지붕 위에도 달이 떴다

반갑구나,
예서 또 널 만나다니
어이해 예까지 따라 왔느냐,
지난번에도 바다 건너 제주까지 따라오더니

너는 아느냐?
바람에 나부끼는 나뭇잎처럼
흔들리는 내 마음

삶이란 게
뭐 별거 있다더냐
모두 다 바람이고 구름인 것을…

그냥 그렇게 흔들리며 사는 거지 뭐,

하얀 거짓말

잡수신 것 없어도 배고프지 않다,
하시고
맛있는 것도 좋아하지 않는다,
손사래 치며

허기진 배 허리띠 졸라매시고도
내색 한 번 하지 않으시던
어머님의 하얀 거짓말

그것이 자신과 싸움이며
가난을 이겨내는 수단이었고
자식을 위한 모성애였던 것을

당신의 배고픔이
자식들의 허기진 배를 채우는
수단이었던 것을

그때,
그걸
어찌 알았겠습니까?

지금은 자장면 곱빼기 한 그릇
마음 편히 드실 수 있을 텐데
돌아보니 휑뎅그렁한 빈자리
가슴 시린 추억만 빼곡히 쌓였습니다

허전한 마음
먼 하늘 바라보니
왠지 모를 눈물이 핑 도는데

자꾸만 생각이 납니다
어머님의 하얀 거짓말…

어느 틈에

군복을 입고 군화를 신고 베레모를 쓰고
늠름한 모습으로 내 앞에 선 군사경찰

이른 봄
돋아나는 새싹처럼 여리기만 해
두 손 위에 올려놓고 쩔쩔매던
그때를 생각하면 지금도 젖먹이만 같은 데

이젠 두 팔 크게 벌려
안으려 해도 버겁기만 하구나

어느 틈에 이렇게 커버렸나 하면서도
믿음직스럽고 자랑스러워
가슴 뿌듯한 행복에 젖는다

할아버지란 이름표를
처음으로 내게 달아준 너

나에겐
그 무엇과도 바꿀 수 없는
고귀한 선물이었다

한없이 기쁘고 또 기뻐
처음 너를 만났던 때를 잊을 수가 없단다

널 만나면 언제나
가슴속에 물결처럼 밀려드는
따듯한 행복이 있다

억수로 기분 좋데이

와~ 봉급!
거금 60여만 원 통장으로 쑥~
살다 보니 이런 날도

참, 오랜만이다
봉급을 주던 입장에서
받아보는 기분 제법 쏠쏠하다

비록 한시적이긴 해도
이름하여 어린이집 보육교사 도우미
마치 선생님이라도 된 듯
기분도 썩 괜찮다

그 무엇과도 바꿀 수 없는
사랑하는 손자들 통장에다
용돈이나 하라고 찔끔찔끔

어린이집 선생님들께도
커피 한 잔씩 쫙~

신고 다니던 낡은 운동화
새것으로 한 켤레 멋지게 바꿨다

바닥이 보인다
봉급 한 번 받는 데 걸리는 시간 한 달
다 쓰는 데는 단 하루도 시간이 남는다

우짜든동 억수로 기분 좋데이!

예쁜 손글씨

가늘었다가 굵어도 지고
엿가락처럼 길게 늘였다 짧게 끊기도 하고
높은 곳에서 낮은 곳으로 휘돌아 치며
건방을 떤다

마치 광대 외줄 타듯 휘청거리면서
잘난 척도 한다

얼핏 보면 제멋대로인 것 같아도
요리조리 삐뚤삐뚤 예쁜 척
나름대로 멋을 부린다

더러는 예쁜 꽃도 피우고
아름답게 분 단장 하고 덧칠도 하며
때론 소금 꽃이 피기도 하는

예쁜 손글씨
캘리그라피

옹이

사랑한다던 맹세
행복 하자던 약속
물거품이 된 지금

미워하고 탓해본들
소용없는 일이지만

서로가, 서로를
이해하지 못하는 불신의 벽 앞에서
깁지도 못할 만큼 해진 마음
마디마디 옹이가 된 상처 많이 아프다

먼 훗날
우리 서로
만날 수 있다면

그때는
모르는 일인 듯 아무 일 없었던 듯
옹이로 남은 상처 지울 수가 있을까?

오미자

단맛뿐인 줄 알았더니
쓴맛도 나고

쓴맛인가 하면
달콤함이 온몸을 휘감는다

때론
아리기도 하고
시리기도 하지만

얼핏 보면 꿀맛 같아도
다시 보면 아닌 듯
그냥 아리송하다

세월 가면 갈수록
달고 쓰고 맵고 짜고
신맛까지…

세월 따라 변하는 게
사랑이더냐

사랑!

고거

참, 묘한 맛이다

우체국이 보이면

길을 가다
우체국이 보이면
그곳에 들러보고 싶어진다

사랑하는 손자 녀석들
할아버지 사랑한다며 내게로 보낸 편지
미처 배달하지 못한 채 그냥 있을 것 같아

길을 가다
우체국이 보이면
그곳에 들러보고 싶어진다

사랑하는 손자 녀석들
보고 싶다고 사랑한다고 썼던 편지
부치지도 못한 채 그냥 있어서

길을 가다
우체국이 보이면
그곳에 들러보고 싶어진다

기쁜 소식,
슬픈 소식 가리지 않고
쉴 새 없이 물어 나르는 까치들을 보고 싶어서

내 몫

무게도
길이도
깊이마저 가늠할 방법이 없다

하여
머리 위에 두 손 올려
한데 모으고 그냥 말을 하지요

하늘만큼 땅만큼 사랑한다고

생각만 해도
보고만 있어도
행복해지는 손녀딸

아무리 주어도
모자라기만 한
너에 대한 나의 사랑

알면 뭘 해
모르면 또 어때
그냥 주는 것만 내 몫 인걸

넌, 난

무슨 이유가 있나,
이렇게 좋은데

무슨 조건이 필요해,
이렇게 행복한 것을…

묻지도 않았는데
툭 던지는 한마디
공부에 재미가 붙었다는 손자 녀석

가끔 한 번씩 툭툭 던지는
청량음료 같은 상큼한 말
그런 네 말 듣는 재미에 나도 재미 붙었다

그럴 때마다 가슴 뛰는 설렘으로
내일의 네 모습을 그려도 보고
끝없는 상상의 나래를 편다

솜사탕 같은 구름 타고 달콤한 행복에 젖어
파란 하늘을 훨훨 날고도 싶고
덩실덩실 춤추고 싶은 할아버지 맘

넌 재미
난 행복

초로

바람에 흔들리고
비에 젖으며
쉼 없이 달려온 인생길

어느덧 황혼의 들녘에서
수평선 너머로 지는 해 바라보며
지나온 발자취 더듬는다

꽃피던 봄
뜨겁던 여름
단풍잎 곱던 가을
삭풍이 몰아치던 겨울

고비, 고비마다 얼룩진 수많은 사연
숨 가쁘게 달려온 지난날들이
희미한 기억 속에 아른거린다

이글거리는 태양을 집어삼킨 바다
철썩철썩 거친 숨을 몰아쉬는데

세월을 집어삼킨 나
머잖아 닥쳐올 어둠 앞에
저무는 인생도 노을빛 따라 물들어간다

진정 인생은
풀잎에 맺힌 이슬草露이던가

노을 앞에 서서

석양에 물든 노을 앞에 서서
지는 해 물끄러미 바라다본다

힘겹게 달려온 인생길
길 따라 새겨진 수많은 사연
양은냄비 속에 끓고 있는 라면 발처럼
어지럽게 뒤엉켜 흔들리고 있다

팍팍하고 메마른 길 위에서
목마르게 갈망하던 윤기 있는 삶

아직도 이루지를 못했는데
어느덧 해는 서산에 걸리고
시나온 사국마다 때 묻은 흔적들이
뿌연 안개처럼 희미하게 어른거린다

석양에 물든 노을에 던지는 물음
생은 무엇이며
삶이란 또 무엇인가?

덧없는 세월 앞에
한 생이 뉘엿뉘엇 저물고 있다

평론

내리사랑이 발화된 시적 서정의 성취

박 종 래

(시인·문학평론가)

김진중 시인의 인생 여정이 발화시킨 시집 『하얀 거짓말』을 상재한다. 2020년 시로 신인문학상과 등단을 안은 뒤로 꾸준히 문예지에 발표했다. 또한 심상의 가슴 서랍에 차곡차곡 모아 두었던 연서들을 드디어 꺼낸다. 그리고 삶의 비단에 정성스레 한땀 한땀 바느질하듯 컴에 수놓았다.

현시대는 수명이 길어졌지만 '人生七十古來稀' 사람이 일흔까지 산다는 것은 예전부터 드문 일이라고 당나라 시성 두보의 시에 나온다. 김진중 시인은 산수 고개를 살짝 넘으면서도 시에 대한 창작 활동의 열정은 대단하다. 이제는 차분한 관조와 심상의 폭이 더욱 넓어지고 사유한 사색의 샘이 사뭇 깊어졌다.

시는 마음의 거울이라 한다. 거울은 자주 닦지 않으면 성에가 서려 흐리게 보이듯이 마음도 자주 닦지 않으면 그와 같으니 창작을 통해 맑고 밝게 닦는 것이 아닐까 유추해 본다. 흔히 시는 그럴싸하게 미사여구로 꾸미고자 하는 글들이 많은 것을 본다.

　김진중 시인은 그렇지 않다. 겉모양새를 탈피하여 있는 그대로 진술하게 사랑의 수를 놓았다. 가족 사랑을 모태로 내리사랑 손주들까지의 삶의 이야기가 중심을 이룬다. 총 106편을 5부로 나누었다.

「제1부 가고픈 고향」「제2부 개구쟁이」「제3부 빈껍데기」「제4부 행복 삼중주」「제5부 하얀 거짓말」로 분류한 것이다. 주옥의 글 중에서 몇 편을 선별해 함께 논해보기로 한다.

　　잔잔한 호수에

　　윤슬처럼 반짝이던 작은 보석

　　넓은 바다로 나가

　　거친 파도 가르며 달려가는

　　꿈을 실은 작은 배

　　혹시 모를

　　사나운 바닷바람에 멍든 곳은 없는지,

　　계획도 없이 불쑥 찾아가

　　위로의 고약을 바른다지만

　　따듯한 차 한잔으로 위로가 될지,

대신할 수 없음에 마음 아파도

한 발짝 뒤에 서서 할 수 있는 건 응원밖에…

망망대해에서 거친 파도와 맞서 싸우는 용기

아무리 칭찬해도 부족하지만

애쓰는 모습 할아버지 마음 아리다

하지만

힘차게 달려가는 또 다른 네 모습

가슴 뿌듯한 행복도 있구나

밀려오는 파도가

아무리 거칠다 해도 두 주먹 불끈 쥐고

성공의 종소리 울리는 그날까지

힘차게, 힘차게 노 저어 가라

나의 희망이여!

- 「희망이여」 전문

"잔잔한 호수에/ 윤슬처럼 반짝이던 작은 보석/
넓은 바다로 나가/거친 파도 가르며 달려가는
꿈을 실은 작은 배/혹시 모를/사나운 바닷바람에 멍든
곳은 없는지," 윤슬이라 함은 호수에 실바람이 잔잔한 물
결을 만들거나 강가에 출렁이는 모습이나 물가에 햇빛이
나 달빛이 내려앉아 물비늘처럼 반짝이는 환상적인 모습

이다. 작은 보석들이 어우러져 빛을 발하는 모습처럼 아이가 성장하여 생존경쟁의 대열에서 당당히 헤쳐 나가는 모습을 일컫는다. '거친 파도 가르며 달려가는 꿈을 실은 작은 배' 생존경쟁의 시대에 작은 꿈이나마 이루려는 강직한 소신으로 힘차게 노 저어 가라 나의 희망이여. 나의 꿈나무여, 손자들의 강직한 사회상을 그려 보는 할아버지의 마음이 절절히 배어 있다.

보고 보고

또 봐도 또 보고 싶은

개구쟁이들

날마다 보고 싶어

오는 날만 기다린다

오기만 하면

온통 난장판이 되는

할아버지 집

쫓아다니며

뒤치다꺼리 힘이 들지만

그래도

오면 반갑고

가면 더 좋고

가고 나면

다시 또 보고 싶어지는

개구쟁이들

안 보면 보고 싶고

보면 미워라

- 「개구쟁이」 전문

　세월은 유수와 같아 살아갈 날이 산 날보다 줄어드는 시점의 인생행로에서 무엇보다 내리사랑 손주들이 정겹다. 자신이 뿌리내린 씨앗이 성장해 또 씨앗으로 싹을 틔워 커가는 과정을 바라보는 화자는 세상 이보다 더 큰 소중함이 없을 것이다.

　그렇게 내리사랑이 영글어 가슴으로 들어와 귀한 보석이 된다. 보통 유년 시절의 손주들이 주는 환희는 귀한 보석이다. "보고 보고 /또 봐도 또 보고 싶은 귀한 개구쟁이들/날마다 보고 싶어 오는 날만 기다린다/ 오기만 하면/ 뛰노느라/온통 난장판이 된 할아버지 집/쫓아다니며/ 뒤치다꺼리 힘이 들지만/그래도 오면 반갑고/ 가면 더 좋고/가고 나면 또 보고 싶어지는 개구쟁이들의 여운/ 안 보면 보고 싶고 보면 깨물고 싶은 귀염둥이 손주들" 세상은 그러한 것이 바로 사랑으로 점철되는 행복이리라.

저녁놀 붉게 타는 해거름

공원 벤치에 앉아 초점 잃은 시선으로

멍하니 지는 해를 바라보고 있다

하루해 저물고 인생도 저무는데

무슨 생각 하고 있나,

잔나비 띠 동갑내기 친구

어린 자식 재롱에 입꼬리 귀에 걸며

행복에 겹던 아들은 모르는 사람

혼자뿐인 듯 자랑 하늘 찌르던

손자도 모르는 사람

장마통에 논 밭뙈기 쓸려나가듯

울고 웃었던 삶의 기억들 통째로 잃어버리고

거죽뿐인 빈껍데기인 채 황혼의 들녘에서

인생의 덧없는 세월을 건너고 있다

땅거미 지는데

둥지 찾는 날짐승처럼

아내 손에 이끌려

보금자릴 찾아 종종걸음으로 뒤따라 가는

빈껍데기의 애잔한 뒷모습이 노을빛에 쓸쓸히 젖는다

-「빈껍데기」 전문

인생은 지난날 돌아보면 무엇인가 알지 못할 헛헛함에서 오는 허무함이 가슴으로 스며든다.

"저녁놀 붉게 타는 해거름/공원 벤치에 앉아 초점 잃은 시선으로/멍하니 지는 해를 바라보고 있다" 해를 통한 희망의 일출이 있다면 해가 중천을 지나 서산마루에 반쯤 걸터앉아 노을 치마 드리울 때 환희에 젖다가도 무언가 허전함에 빠지게 된다. 이내 공원 벤치에 앉아 왠지 모를 스산함 때문에 멍하니 산 고개 넘어가는 일몰에서 저물어가는 자신의 인생과 유추해 보는 모습이 아련하다.

1960년대에 즐겨 부르고 애창했던 「하숙생」 최희준의 노랫말에서, 인생은 나그네 길 어디서 왔다가 어디로 가는가, 구름이 흘러가듯 떠돌다 가는 길에/미련일랑 두지 말자고 하는 가사가 떠오른다.

그러하듯 나이 들어가는 생의 허무는 어쩔 수 없는 것이 아닐까. 사계절 중 가을에서 오는 낙엽을 보며 인생과 빗대어본다면 동화되어 센티멘털리즘에 빠지게 된다. 노란 은행잎을 보고 젊은 시절엔 희망의 상징인 진노랑색에 감동한다. 그러나 노년이 되면 은행잎을 바라보는 모습은 삼베옷으로 갈아입고 떠날 준비하는 모습이 그려지는 것이다. 살찐 알갱이는 빠져나가고 빈껍데기만 남은 모습이 왠지 자신에게 오버랩되는 것이다.

"땅거미 지는데/둥지 찾는 날짐승처럼/아내 손에 이끌

려/보금자릴 찾아 종종걸음으로 뒤따라 가는/

　빈껍데기의 애잔한 뒷모습이/노을빛에 쓸쓸히 젖는다"
그처럼 인생이란 자연의 이치와 달라 한 번 가면 다시 오
지 않는 것에 허무한 마음에 빠지는 것이다.

　푸른 잎이 누렇게 탈색하며 낙엽이 되어 떠날 준비를
하면 다시 푸른 싹으로 돌아오는 자연의 이치를 겨울엔
행복한 동면으로 들어가는 나무들을 관조해 본다. 윤회
사상처럼 인간도 그러할 수 있다고 여기며 센티해진 마
음을 달래보고 싶은 것이다.

　불교에서 유래된 사자성어 "회자정리 거자필반"

　처럼 만나는 사람은 반드시 헤어지게 되고, 또한 떠난
사람은 반드시 돌아온다. 는 윤회인 중생이 업에 의하여
삼계육도三界六道의 생사 세계가 그치지 아니하고 돌고 돈
다는 사상을 관조해 본다면 조금이라도 위안이 될까.

　　잠수신 것 없어도 배고프지 않다,

　　하시고

　　맛있는 것도 좋아하지 않는다,

　　손사래 치며

　　허기진 배 허리띠 졸라매시고도

　　내색 한 번 하지 않으시던

　　어머님의 하얀 거짓말

그것이 자신과 싸움이며

가난을 이겨내는 수단이었고

자식을 위한 모성애였던 것을

당신의 배고픔이

자식들의 허기진 배를 채우는

수단이었던 것을

그때,

그걸

어찌 알았겠습니까?

지금은 자장면 곱빼기 한 그릇

마음 편히 드실 수 있을 텐데

돌아보니 휑뎅그렁한 빈자리

가슴 시린 추억만 빼곡히 쌓였습니다

허전한 마음

먼 하늘 바라보니

왠지 모를 눈물이 핑 도는데

자꾸만 생각이 납니다

어머님의 하얀 거짓말…

- 「하얀 거짓말」 전문

"잡수신 것 없어도 배고프지 않다,/하시고/맛있는 것
도 좋아하지 않는다,/손사래 치며/허기진 배 허리띠 졸라
매시고도/내색 한 번 하지 않으시던/어머님의 하얀 거짓
말" 문득 심순덕의 시 「엄마는 그래도 되는 줄 알았습니
다」가 대비된다. "하루 종일 밭에서 죽어라 힘들게 일해
도/ 엄마는 그래도 되는 줄 알았습니다 /배부르다 상관
없다 식구들 다 먹이고 굶어도 /엄마는 그래도 되는 줄
알았습니다 /손톱이 깎을 수조차 없이 닳고 문드러져도
… 아버지가 화내고 자식들이 속 썩여도 전혀 끄떡없는…
한밤중 자다 깨어 방구석에서 한없이 소리 죽여 울던 엄
마를 본 후론 아! 엄마는 그러면 안 되는 것이었습니다."

심순덕 시인은 1960년 강원도 평창에서 9남매 중 막내
로 태어났다. 어머니의 사랑을 받고 자랐지만 31세에 어
머니를 여의고 난 그 아픔에 사무쳐 쓴 시가 바로 「엄마
는 그래도 되는 줄 알았습니다」이다.

KBS2 드라마 '세상에서 제일 예쁜 내 딸'에 시 구절이
나왔기 때문에 그 시가 더욱 유명해졌다. 약 15년 전부터
많은 시 낭송가들이 무대에서 애송하여 관객을 울리게
하는 시이며 지금도 많은 관객에게 공감대 형성이 되어
심금을 울리고 있다.

김진중 시인의 심정도 그와 같아 어머니 살아생전 그러
한 뼈에 사무친 한을 『하얀 거짓말』이라는 시제로 시집

을 상재한 것이다. 하얀 거짓말은 '남에게 해가 되지 않는, 선의의 거짓말을 뜻하는 것'으로 바로 어머니의 성품과 깨끗한 행실에서 발화된 것이 아닐까.

"어머님의 하얀 거짓말/그것이 자신과 싸움이며/가난을 이겨내는 수단이었고/자식을 위한 모성애였던 것/당신의 배고픔이/자식들의 허기진 배를 채우는/수단이었던 것을/그때,/그걸/어찌 알았겠습니까? 지금은 자장면 곱빼기 한 그릇/마음 편히 드실 수 있을 텐데/돌아보니 휑뎅그렁한 빈자리/

가슴 시린 추억만 빼곡히 쌓였습니다/허전한 마음/면 하늘 바라보니/왠지 모를 눈물이 핑 도는데/자꾸만 생각이 납니다/어머님의 하얀 거짓말…

참 절절하게 많은 독자가 공감대 형성이 되는 아쉬운 불효 속에 그리움의 시 「하얀 거짓말」이다.

석양에 물든 노을 앞에 서서

지는 해 물끄러미 바라다본다

힘겹게 달려온 인생길

길 따라 새겨진 수많은 사연

양은냄비 속에 끓고 있는 라면 발처럼

어지럽게 뒤엉켜 흔들리고 있다

팍팍하고 메마른 길 위에서

목마르게 갈망하던 윤기 있는 삶

아직도 이루지를 못했는데

어느덧 해는 서산에 걸리고

지나온 자국마다 때 묻은 흔적들이

뿌연 안개처럼 희미하게 어른거린다

석양에 물든 노을에 던지는 물음

생은 무엇이며

삶이란 또 무엇인가?

덧없는 세월 앞에

한 생이 뉘엿뉘엿 저물고 있다

– 「노을 앞에 서서」 전문

　시 구절과 어긋난 지구에 관해 살펴보고 가기로 한다. 지구는 태양계의 행성 중 하나이다. 그리고 유일하게 인류가 살고 있다. 태양으로부터 세 번째 궤도를 돌며, 달을 위성으로 가지고 있다. 또한 얇은 대기층으로 둘러싸여 있고, 특유한 지구자기를 가지고 있다. 그렇게 해서 공전주기(1년 365일)가 있고 자전주기(1일)가 있는 것이다.

　지역과 위치에 따라 온도, 기후의 차가 1년 내내 여름만 있고, 내내 겨울만 있는 곳도 있다. 북극이 있는가 하면, 남극 또한 1년 중 절반은 해가 뜨지 않는 암흑의 밤만 있고 절반은 밤이 없는 한낮이다. 또한 얼음으로 뒤덮여 있다. 이러한 행성 중의 하나인 지구에도 위치에 따라 변화가 다양하다. 우리 한국은 봄, 여름, 가을, 겨울 4계절이 뚜렷한 한반도이다. 한반도란 남북한을 달리 이르는 말이다.

지구의 자전에 의해 우리 한반도는 아침의 일출과 해가 중천에 뜬 한낮과 서산에 넘어가는 일몰이 있는 환상적인 아름다운 계절을 갖고 있다. 봄, 여름, 가을, 겨울의 나름대로 아름다운 묘미가 있으며. 계절에 따라 낮과 밤의 시간 차이가 있는 지상 최대의 금수강산이다.

사색이 깊은 사람들은 가을과 석양을 보고 자신의 인생과 유추시켜 비교하고 센티멘털리즘에 빠지기도 한다. 나이 든 사람들은 가을을 보고 노래하고, 저녁나절을 보고도 상념에 젖는다. 특히 사유가 깊은 시인들이 많이 빠져든다. 화자가 그렇다.

"석양에 물든 노을 앞에 서서/지는 해 물끄러미 바라다본다/힘겹게 달려온 인생길/길 따라 새겨진 수많은 사연/양은냄비 속에 끓고 있는 라면 발처럼/어지럽게 뒤엉켜 흔들리고 있다" 석양의 노을 앞에 서서 자신의 인생길 흐름과 빗대어보면, 그 흐름과 시기가 엇비슷해 자연스럽게 상념에 빠져드는 것이다.

"팍팍하고 메마른 길 위에서/목마르게 갈망하던 윤기

있는 삶/아직도 이루지를 못했는데/어느덧 해는 서산에
걸리고/지나온 자국마다 때 묻은 흔적들이/뿌연 안개처
럼 희미하게 어른거린다"

  공자의 논어, 위정편에서 인생을 나누어 보면 40세가
되면 불혹不惑, 50세가 되면 지천명知天命이라 한다.
  불혹은 세상일에 미혹되지 않는다 하고, 지천명은 쉰
살에 비로소 하늘의 뜻을 알았다는 데서 나온 말이다.
그처럼 세상사 지내다 보면 나이 들어간다 해서 서러워
말라. 신체의 힘은 비록 쇠퇴해 가나 정신만은 식견이 넓
어지고 삶의 이치를 제대로 파악하게 된다. 공자의 속 깊
은 이치를 필자는 그렇게 분석해 본다.

  60세가 되면 이순耳順, 70세가 되면 고희古稀,
  논어, 위정편에서 공자가 예순 살부터 생각이 원만하여
어떤 일을 들으면 곧 이해가 된다고 한 데서 나온 말이다.
  70세는 두보의 곡강 시에 나온 말로 고래로 드문 나이
란 뜻으로 나온 말이다. 또한 논어 위정편에서 공자가 칠
십이종심소욕불유구라고 했다.
  "석양에 물든 노을에 던지는 물음/생은 무엇이며/삶이
란 또 무엇인가?/덧없는 세월 앞에/한 생이 뉘엿뉘엿 저
물고 있다"

그러나 현대는 100세 시대라 하여 예전의 70세와 같다고 보면 적절하다. 적당한 건강과 정신은 사색의 샘을 파는 詩가 있기에 시인으로서 화자는 복된 사람이다. 100세까지 생각과 공부를 놓치지 않기를 필자는 기대해 본다.

화자 김진중 시인은 복된 분이다. 힘든 질병을 퇴치하고 건강을 지키며 사유하는 글을 쓰고 있다. 무엇보다도 가화만사성 집안과 금쪽같은 손주들을 보라. 건강하고 건전한 정신으로 커가는 모습을 바라보는 것이 정겹고 부럽게 느껴진다.

서산마루에 한쪽 발을 딛고 있는 모습이 차라리 아름답다. 평생을 올곧게 살아온 삶의 흔적이 오롯이 배어 있다. 사랑과 가슴으로 꼭꼭 눌러쓴 시집을 상재함에 박수를 보낸다.

팔순의 인생길에서 심오하고 건전하게 생활하는 것이 느껴진다. 맑고 밝은 글발을 논하고 꾸준히 문예지에 발표하는 열정이 돋보인다. 건강 건필을 기원하며 부족한 필자의 평을 닫는다.